AF383696

CONSEILS

AUX GENS DE LA CAMPAGNE

POUR LEUR SERVIR DE GUIDE

DANS LES CIRCONSTANCES ACTUELLES

Par M. J.

PARIS

IMPRIMERIE F. LEVÉ

RUE CASSETTE, 17

1882

LISEZ ET JUGEZ

Le suffrage universel existe : avec la pression officielle, en faveur de qui est-il appliqué ?

En faveur des ambitieux sans frein, au préjudice des électeurs et de tous les citoyens.

Nos députés, une fois élus, ne pensent, pour la plupart, qu'à eux, ne s'occupent que d'eux. Ça ne leur suffit pas d'avoir 25 francs par jour : ils en voudraient le double ; et de plus tout gratis, s'ils le pouvaient.

Ceux qui n'ont pas de places paient partout et pour tout ; ceux qui ont des places ne voudraient rien payer. Le gouvernement défraie les compagnies de chemins de fer avec l'argent des contribuables ; nos députés donnent 40 centimes pour voyager par toute la France. Et font-ils quelque chose pour le pays ?

Ils font des lois sans bon sens, parce qu'avec leurs invalidations beaucoup de gens raisonnables sont mis de côté 1).

Je n'ai pas besoin d'en dire davantage, tout le monde le sait.

Mais à qui la faute ? à ceux qui en souffrent. Pour ne pas être opprimé, il faut d'abord ne pas vouloir l'être.

Et on l'est toujours, quand on ne sait pas ce que l'on veut et qu'on n'est pas ferme et résolu dans les choses justes.

L'école sans Dieu en est une preuve. Qui est-ce qui se serait imaginé que les représentants d'une nation intelligente auraient jamais eu l'idée de songer au divorce et de chasser Dieu des écoles ?

Le divorce est voté à la Chambre des députés à une grande majorité ; le sera-t-il au Sénat ? on le craint... Quant à Jules Grévy, il signe tout sans rien lire.

(1) Tout homme qui se met sur les rangs pour être député ne peut pas se dispenser de soutenir ses chances ; il n'y a rien à dire, lorsqu'il le fait avec son argent.

Un préfet visite-t-il ses communes dans l'intérêt d'un candidat du gouvernement, ce n'est pas à ses frais particuliers, c'est avec l'argent des contribuables. La position des deux hommes est bien différente, et toute au désavantage du premier : c'est pourquoi une fois nommé, il ne devrait jamais être invalidé.

L'école sans Dieu est une loi promulguée, et on commence à l'appliquer partout : la prière et le catéchisme sont défendus, en classe, pour les enfants.

Les mauvais parents ne s'en soucient ; le public en est révolté ; les bons parents sont aux abois ; ils ne veulent pas des livres de Paul Bert et font des conditions à la loi, en attendant mieux.

Mais il n'y a pas d'illusion à se faire : l'athéisme et le matérialisme qui dominent dans les livres donnés aux élèves sont un gouffre d'une infection sans pareille : l'enfant qui en aspire les émanations délétères, à son grand préjudice, s'en ressentira toute sa vie : c'est pis que de le jeter à la gueule d'un lion.

Il faut donc faire rapporter la loi. La tâche est difficile, puisqu'elle est votée et en pleine activité ; cependant, il n'y a pas à hésiter, il faut y arriver.

Certes ici ne croyez pas que je rejette aucune science, même la philosophie si souvent critiquée par quelques-uns ; au contraire, je les admire toutes, et les maximes humaines sont de faibles échantillons de la sagesse éternelle.

Mais pourquoi adorer l'ouvrage, et mettre de côté l'ouvrier ? C'est ce que faisaient les païens, lorsque saint Paul converti est venu donner à leur intelligence dévoyée cet éclair de vérité : que l'ouvrier est bien supérieur à l'ouvrage.

Et ils avaient cet avantage sur nous : c'est qu'ils n'étaient pas athées en fléchissant les genoux devant leurs idoles ; ils se trompaient seulement dans l'objet de leur culte. Aucun peuple n'a jamais rejeté l'idée de Dieu.

Aussi un savant impie est pour moi une énigme. La physique, la chimie existeraient-elles si Dieu n'eût pas créé les éléments et donné à l'homme l'intelligence ? il est l'auteur de toutes sciences.

Mais revenons à nos enfants. L'école sans Dieu est un crime, parce que l'âme est plus que le corps.

Quand la mort a fait s'envoler notre âme, comme s'évanouit la flamme d'une bougie en soufflant dessus, que reste-t-il de lui ? un cadavre, et sa décomposition est si prompte, que forcément nous sommes contraints de le confier à la terre.

Si le corps ne peut exister sans l'âme, qu'est donc le corps relativement à l'âme ? son très humble serviteur, et l'existence n'est qu'un moyen donné à l'homme pour mériter le ciel.

Mais la logique est en défaut, pour tout, chez nos républicains ; pourraient-ils eux-mêmes enseigner les enfants, s'ils n'avaient pas d'âme se manifestant par l'intelligence ? et cette instruction qu'ils leur donnent est-elle pour le corps ou pour l'âme ? forcément elle est pour l'âme. Le corps se nourrit ; l'âme s'instruit, il ne lui faut que des choses immatérielles comme elle. Aussi le corps est relativement à l'âme ce qu'est un outil pour un homme qui travaille, ce qu'est l'aiguille pour une ouvrière ; il est l'instrument de ses mérites.

Et c'est la science de Dieu, cet aliment essentiel de la vie des âmes, qu'ils mettent de côté dans l'éducation de la jeunesse : ce n'est pas raisonnable.

Ah ! la nature humaine a toujours eu l'instinct de cette grande dignité de l'immortalité de l'âme, quand, élevant son esprit jusqu'à Dieu, elle lui a fait ériger des églises, bâtir des synagogues et des temples pour glorifier plus dignement ce Maître souverain de l'univers.

Aucun de ces magnifiques monuments n'a d'analogie avec nos maisons : c'est qu'ils avaient le sentiment de cette vérité qu'enseignait saint Paul : L'ouvrier est plus que l'ouvrage.

Alors, contemplant la nature, ils étaient confondus de la grandeur de Dieu.

Vous, républicains athées ! vous le mettez hors de chez lui partout, et vous osez parler d'égalité. Il n'y a que Dieu qui fait l'égalité pleine et entière, quand il fait mourir tout le monde et récompense chacun selon ses mérites.

Il n'y a pas une autre vie, disent les impies : c'est la marotte.

En êtes-vous sûrs ? le plus prudent est de prendre ses précautions. Et, ouvriers de Dieu, à la journée de la vie, par l'engagement involontaire de l'existence, si on n'a pas le ciel, on a l'enfer. Pas de préférence, c'est la même chose pour tous.

Que vos théories sont pauvres auprès des vérités de la foi ! il ne faut pas vous en vouloir : les taies sur les yeux n'empêchent-elles pas les aveugles de voir le soleil ? vous êtes au nombre de ces malheureux.

Non, jamais vous ne mettriez l'athéisme et le matérialisme à la place de Dieu, si vous aviez l'intelligence saine et la vue claire.

L'athéisme ! ne pas croire au principe de toutes choses ! ne pas croire en Dieu !

Le matérialisme ! se gorger d'aises comme un sensuel ! on va loin dans le mal avec ces principes-là.

Il est cependant une chose qui devrait vous éclairer ; le dogue, l'âne, le bœuf, etc., ont-ils jamais édifié des églises, fait leurs prières et été à la messe le dimanche? La religion n'est pas pour les bêtes; elle est pour l'homme, et c'est une grande dignité de servir Dieu.

Malgré cela, puisque l'impiété déborde, retrempons notre foi ; car, ne réfléchissant pas à ce qu'ils disent, beaucoup répètent cette sottise : Nous ne voyons pas Dieu.

Gens superficiels ! je vous donne un démenti formel : vous le voyez et je vais vous expliquer comment.

Ce livre que vous avez entre les mains, en connaissez-vous l'auteur ? Non... s'il est savant et bien écrit, que dites-vous de lui ? C'est un grand homme.

Fermiers ! vous allez louer des ouvriers à la ville : avant qu'ils aient travaillé, savez-vous s'ils sont habiles ou paresseux ? Non.

Patrons ! vous embauchez des serruriers ou des maçons avant qu'ils aient mis la main à l'œuvre ; pouvez-vous dire ce qu'ils sont ? Non.

Et c'est la même chose pour tous : impossible de dire ce qu'est un homme avant qu'il n'ait rien fait.

Ne soutenez donc pas maintenant que vous ne connaissez pas Dieu, avec le magnifique ouvrage de l'univers que vous avez sous les yeux. Admirez l'ouvrage et adorez l'ouvrier qui a fait la nature, vous aurez le cœur plus content.

Car, si vous saviez combien il faut peu de chose pour nous tuer! Une goutte de sang sur le cerveau, une trop forte contraction du cœur, une impression de chaud et de froid couche un homme dans la tombe. C'est effrayant d'y songer.

Un mot ici sur les miracles, puisqu'il en est parlé dans le manuel de Paul Bert. Ils sont un attribut de la toute-puissance de Dieu.

La toute-puissance de Dieu n'a pas de limites; personne ne peut lui en prescrire. Ce sont des vérités que les savants devraient mieux connaître que qui que ce soit. Quand ils le contestent, c'est qu'ils éprouvent l'effet du vertige que l'on n'a jamais que sur les hauteurs, et qui vous tourne la tête malgré vous.

Mais, braves gens de la campagne, puisque Dieu existe et que vous avez une âme, soyez conséquents avec vous-mêmes : cette âme que vous avez n'est pas l'âme de votre ennemi, elle vous appartient; il faut faire pour elle, et avoir les mêmes égards pour elle, que vous avez pour votre corps.

Elle est immortelle : vous ne la voyez point mourir. Comment voulez-vous que Dieu vous récompense, si vous ne faites rien pour lui.

Demandez-vous de l'argent à un homme pour lequel vous n'avez pas travaillé? Ceci indique la conduite que nous avons à tenir pour nous sauver.

Il faut connaître Dieu, l'aimer et le servir ; et ce qui est vrai pour vous, l'est aussi pour vos enfants.

Honorez donc la religion que vous avez reçue de vos parents, et que vous êtes obligés, en conscience, de transmettre à vos enfants pour qu'ils soient élevés comme vous.

Mais puisque la loi est bâtie ainsi, direz-vous qu'on ne doit plus faire la prière à l'école, ni y dire le catéchisme, et que nos gouvernants nous imposent des instituteurs à leur façon : que voulez-vous que nous y fassions ?

Rien de difficile, tout ce qu'il y a de plus simple au monde.

Comprenez-vous qu'un instituteur donnant du scandale soit d'un très mauvais exemple pour ses élèves ? Si vous le comprenez et que vous en ayez un de cette espèce, il faut réclamer. Le mauvais exemple est du poison, surtout pour les plus âgés ; vous ne pouvez pas envoyer vos enfants à l'école pour qu'on vous les empoisonne et qu'ils reçoivent des impressions fâcheuses à s'en ressentir toute leur vie ; il vaut mieux les garder chez vous.

Le gouvernement ordonne qu'on ôte le Christ des écoles et défend qu'on y enseigne le catéchisme. C'est horrible, mais c'est la loi.

Contraindre l'instituteur à ne pas le faire, c'est lui dire de perdre sa place, qui est peut-être son seul gagne-pain et celui de sa famille : vous ne le pouvez pas.

Mais il est dit dans la loi que l'école doit être neutre : c'est-à-dire, qu'on ne doit y parler ni contre ni pour la religion. C'est à l'instituteur à l'observer ; s'il ne le fait pas, vous devez l'exiger, ou retirer vos enfants des classes. Le temps des païens est passé.

Le dimanche et le jeudi sont laissés aux élèves pour se reposer et aller au catéchisme. C'est dans la loi. Le maître ne doit pas donner de devoirs, ou très peu, ces deux jours: s'il ne s'y conforme pas, les parents ont encore le droit de réclamer.

Voici l'essentiel, en attendant mieux.

Maintenant, que signifient ces récriminations qui sont dans les livres et qu'on fait aux enfants contre les nobles d'autrefois? Les morts n'occupent guère, c'est à l'adresse des vivants ; une manière détournée d'injurier et d'indisposer contre les nobles d'aujourd'hui. Ils ne le méritent pas.

Un enfant malhonnête a toujours été un enfant mal élevé. Voyez-vous un enfant poli pour tout le monde, chacun en fait l'éloge: C'est la gloire du père, de la mère, de l'instituteur, tandis qu'un enfant grossier fait toujours mal penser des parents et du maître.

Et si un menuisier, un maréchal, un charron ont dans leur clientèle des nobles qui les font travailler et gagner de l'argent, seront-ils très flattés que leurs fils leur fassent des sottises ? c'est d'une éducation sauvage, ce n'est pas civilisé.

Une preuve ici, en passant, que les anciens nobles n'ont pas été si mauvais qu'on veut bien dire : c'est que ceux qui ont échappé à l'échafaud en 92 et en 93 ont tous été sauvés pour leurs biens et leur personne par leurs domestiques. C'était justice, car une fois entrés dans ces anciennes maisons, ils faisaient partie de la famille : les enfants les aimaient autant que leurs parents et ils avaient un sort pour toute leur vie.

Anciennement, les bourgeois étaient appelés des vilains, parce qu'ils portaient l'habit noir et les nobles des vêtements brodés. C'était dans les mœurs, et dans les usages du temps.

Aujourdhui on appelle jésuites, cléricaux, ceux qui font profession d'avoir des principes religieux. Sans être une injure, on ne le dit pas pour faire un compliment ; mais en monter la tête des enfants, les rendre insolents pour cela, il faut être méchant pour le faire.

Il n'y a pas de lois sans magistrats, il n'y a pas de religion sans prêtres ; ces derniers ne sont pas la religion, mais ils l'enseignent et appliquent les sacrements, comme les magistrats appliquent la loi.

Même tactique pour eux que pour les nobles, peu importe encore à nos républicains les prêtres d'autrefois, c'est pour faire lapider, s'ils le pouvaient, par d'innocentes créatures, les prêtres d'aujourd'hui qu'ils vont en chercher si long.

Et les leçons profitent aux enfants ; jamais ils ne leur ont plus manqué de respect qu'ils ne le font à l'occasion. Il faut que ceux qui les y poussent aient grand intérêt à être impies, pour l'être au point où ils le sont.

Puisque nous sommes sur ce chapitre, disons de suite comment nos républicains défigurent la vérité. Je n'invente rien, c'est dans les livres qu'ils donnent aux enfants. Selon eux il n'y a que la Révolution qui ait fait monts et merveilles.

Avant 89, la France existait, et elle avait eu, comme cela arrive chez tous les peuples, ses temps de gloire, de prospérité, et des temps de revers et de malheur.

Vous n'étiez pas nés, elle se passait de vous. Sous Louis XIV, les grands talents ont surgi, comme l'herbe pousse dans une terre bien préparée; ils ont éclairé les esprits. Mais faut des années et des années, pour que les idées vraies fassent de l'effet à tout le monde.

La bourgeoisie, plus travailleuse que les autres classes, fut la première à répandre qu'il y avait des abus à réformer.

Louis XVI le comprit; la noblesse, y perdant des avantages, fut un peu de temps à y réfléchir.

Le haut clergé en perdait aussi; mais il y adhéra presque tout de suite.

Transformer une époque n'est pas une petite tâche. Mais, tout le monde convaincu de la nécessité d'un remaniement général, personne ne recula; et c'est sous la Constituante et la Législative avec Louis XVI, la noblesse, le clergé et la bourgeoisie, que toutes les réformes s'opérèrent.

Les gouvernements d'insurrection ont des lignes de conduite nuisibles à eux-mêmes; ils ne peuvent pas se contenir; et ils sont toujours débordés par les plus mauvais éléments. La Convention inaugura son règne par la mort du roi... Mauvais début! il lui porta malheur : c'est comme un homme qui a fait un crime ; le premier pas étant sauté, c'est fini, on va de mal en pis. La Convention avait les pieds dans le sang; elle s'y enfonça jusqu'aux genoux.

Un an environ avant son moment fatal, Louis XVI, voyant l'orage s'amonceler, conseilla à ses frères et aux grands de sa cour de passer en pays étrangers ; c'était un forfait de plus qu'il épargnait aux tigres. Ils en avaient assez d'autres à commettre : les noyades de Nantes, les mariages républicains, les vierges de Verdun, tous les honnêtes gens et les hommes de talent qu'ils firent monter sur l'échafaud, il y en a plus qu'il n'en faut pour rendre odieuse une époque.

Il y a des imbéciles qui disent : Sous la république il n'y a pas de guerres ; jamais il n'y en eut plus qu'en 92 et 93. La Convention les gagna, parce qu'ayant le pouvoir, elle avait à son service des généraux d'une valeur incontestable qu'elle n'avait pas formés.

Les bourreaux étaient las de tuer ; le tour des tigres était rendu ; ils se dévoraient les uns les autres ; l'un deux craignant pour son compte s'écria en pleine séance : A bas le tyran ! la popularité de Robespierre était évanouie ; ce fut un écho général : A bas le tyran ! fut-il crié partout, et la tête de celui qui en avait tant fait tomber roula dans le panier. La Convention avait vécu.

Le Directoire lui succéda ; il ne fut qu'un désordre permanent. Bonaparte s'était fait connaître par ses victoires ; pour notre salut, son ambition le poussa à prendre le pouvoir et, maître de la France, il mit de l'ordre partout.

Il fit de grandes fautes ; mais il fit de grandes choses.

Nos républicains pour le flétrir l'appellent tyran... il le fut moins qu'eux ; il n'eût pas fait l'école sans Dieu ; et il n'eût pas puni les pères pour des impossibilités physiques et matérielles : la santé des enfants et le besoin qu'on a d'eux à la campagne, car les formalités à remplir pour obtenir l'autorisation de les garder sont décourageantes : perdre son temps, courir partout, aller à tous ces messieurs et souvent ne rien obtenir, c'est à renoncer d'y tenter.

Mais ces gens-là calomnient tout le monde, et n'ont d'égards pour personne : que n'écrivent-ils pas et ne disent-ils pas de la monarchie et de nos princes ?

Je ne dirai qu'un mot d'eux. Etant riches, ils faisaient gagner de l'argent par eux-mêmes et par les grands qu'ils attiraient chez eux.

Nos ruinés nous en prennent : témoin Gambetta qui n'avait pas de chemises en 1870 et se rafraîchit le corps dans une baignoire d'argent (sans compter le reste) comme nos princes n'en ont j   ais eu

Et Jules Grév   qui signe tout, pourvu qu'il palpe notre or   t achète des ch teaux.

Les républicains dégénérés déshonorent tout ce qu'ils touchent. A la chute de Louis-Philippe, ils ont flétri cette date en sciant le général Bréa, en coupant bras et jambes à un autre général dont le nom m'échappe, qu'ils ont attaché sur son cheval en le faisant ainsi courir par les rues de Paris ; et c'est dans des fours chauds qu'ils firent périr les autres braves généraux dont ils avaient pu s'emparer ; ce qui faisait dire au général La Moricière : Il vaut mieux tirer sur des vauriens que de laisser assassiner des honnêtes gens.

En 1871 ils ont égorgé les otages, incendié Paris et détruit nos plus beaux monuments.

Aujourd'hui, ils font l'école sans Dieu, ordonnent de décrocher les christs des hôpitaux, en chassent les religieuses et rêvent le divorce que la Chambre des députés a déjà voté trois fois.

Quand la crise du délire extravagant sera passée, s'ils existaient encore, ils verraient comment ils figurent dans l'histoire : ceux qui les remplaceront auront assez à faire de réparer le mal qu'ils auront accompli ; et ce sera une grande tâche et une grande gloire pour eux.

Mais, je le répète, il faut changer les hommes pour changer les choses.

En les changeant, disent quelques-uns, nous n'aurons pas mieux.

C'est possible ; mais quand on saura qu'il n'y a pas de grâce, qu'à chaque élection de députés vous les renouvellerez s'ils ne respectent pas vos conditions intimes, ils auront égard à vous.

Pouvez-vous rester dans cette situation d'avoir votre nom affiché à la porte d'une mairie, si vous n'envoyez pas vos enfants à l'école, de payer l'amende s'il y a récidive, et d'être mis en prison comme un malfaiteur, quand vous êtes plus honorables que beaucoup d'entre eux ? Ça ne se peut pas.

Jadis, disent-ils, l'ignorance était crasse.

Les idées tiennent aux époques ; on ne peut en faire de reproches à personne.

J'ai connu un noble, le chevalier de M. ; il disait : En ma qualité de noble, je déclare ne pas savoir signer : ce n'est pas si vieux, puisque j'existe.

Comment vouliez-vous alors qu'avec des idées semblables le peuple fût instruit ? il ne pouvait l'être : mais il n'était pas oisif, sans capacités ni sans vertus pour cela.

Aujourd'hui, n'y a-t-il pas encore des pays qui sont sauvages et aucunement civilisés ? ils y resteront tant que le christianisme n'y sera pas passé.

En Afrique, nos républicains civilisent-ils les Arabes en les tuant ? C'est contre le droit des gens : aussi ils se vengent en massacrant nos nationaux.

Il n'y a que de bons missionnaires bien charitables pour civiliser et de grands hommes comme O'Connell.

Enfin l'époque est à l'instruction; vous êtes tout disposés à en faire donner à vos enfants ; mais la vie est plus que la science, la santé plus que le savoir ; s'ils ne peuvent pas aller à l'école, faut-il que le père le paie de sa liberté et donne l'argent qu'il gagne pour nourrir sa famille ?

Et encore, si on les plaçait quand ils auront leur brevet ! ils jeûneront avec leur science, comme il y en a déjà beaucoup trop.

Il faut changer les hommes pour changer les choses.

Gens de la campagne ! qu'avez-vous à redouter ? vous n'avez pas de places, ils ne peuvent pas vous les ôter : vous en donneront-ils ?... Non, vous n'en aurez point ; vous n'avez rien à craindre et tout à espérer en vous montrant.

Les dompteurs de bêtes sont perdus quand ils redoutent leurs lions, leurs tigres, leurs ours. La même chose est pour les hommes : nos maîtres actuels nous font des injustices, il ne faut pas les craindre pour se faire donner raison quand on l'a.

Les gouvernements ne sont que les conservateurs des droits des familles : c'est bien compris.

Nos républicains en ont été les usurpateurs, ils ne le doivent pas.

Quand vous voyez un objet qu'on vous a volé, vous le reprenez.

Si un voisin vous a envahi un morceau de terre, vous le lui faites rendre. Différemment, l'usurpateur en deviendrait le propriétaire.

C'est ce que vous avez à faire vis-à-vis le gouvernement : vos enfants sont à vous, ils vous appartiennent ; votre droit est de les revendiquer.

On a émancipé les noirs pour qu'ils gardent leurs enfants. Et vous, des hommes libres, on veut disposer des vôtres pour les rendre païens malgré vous ; il faut faire rapporter la loi. Pour cela il faut s'entendre résumer votre programme, et voter tous comme un seul homme.

Voulez-vous la liberté de l'enseignement ? envoyez vos enfants à l'école ; mais n'être sujet ni à l'affiche, ni à l'amende, ni à la prison ? Oui.

Le divorce est le trouble en permanence dans beaucoup de ménages : le voulez-vous ? Non.

Avec nos moyens de destruction, la guerre

est une boucherie d'hommes sans gloire... S'agit-il aux assises de condamner un homme qui a tué son semblable : l'avocat épuise les ressources de son éloquence pour obtenir des circonstances atténuantes et lui éviter l'échafaud. Les chefs d'État, souvent sans motifs graves, entreprennent des guerres désastreuses, saccagent des villes entières, font périr des multitudes innocentes et s'en font des titres de gloire.

La guerre est un reste de barbarie.

Il n'y a qu'une guerre légitime : ce sont les guerres défensives.

Gens de la campagne, ne voulez-vous que celles-là ?... Oui.

Sans ordre, dans les finances d'un pays, on peut arriver à la banqueroute ; quand tout le monde est saisi, personne ne peut faire travailler et gagner de l'argent, c'est comme en Irlande, n'y ayant pas de riches, les pauvres y meurent de faim... Voulez-vous de l'économie dans les dépenses de l'État?... Oui.

Maintenant c'est convenu, il ne faut pas bouger : autant de fois on manquera à votre programme, autant de fois aux élections vous changerez les hommes qui ne l'auront pas respecté. Et le suffrage universel, au lieu d'être contre vous, sera pour vous, car je suppose que les honnêtes gens sont encore la majorité en France.

Une dernière considération pour vous fixer définitivement.

Malgré tous les sacrifices que l'on fait pour bien élever ses enfants, quelquefois ils tournent mal. Mais c'est une grande consolation pour les parents de pouvoir se dire : ce n'est pas notre faute, nous n'avons rien négligé pour eux.

Supposez le contraire ; avez-vous omis les choses essentielles dans l'éducation d'un enfant ? Quel remords de conscience ! quel reproche ne se fait-on pas ! Si j'avais fait ceci et cela, mon fils et ma fille ne seraient pas malheureux et ils ne seraient pas vagabonds par le monde : c'est tuant quand on a du cœur.

Résumons maintenant le contenu de ce petit livre pour mieux nous en rendre compte :

Quels sont les devoirs des parents pour l'instituteur ?

1° C'est d'exiger qu'il soit honorable et que par sa conduite privée il ne donne pas mauvais exemple à ses élèves.

2° L'école est neutre ; on n'y enseigne pas la religion ; mais on ne doit pas y parler contre Dieu ; il faut réclamer là-dessus si on ne l'observe pas. Là où il y a des instituteurs dépassant la prescription de la loi, les enfants sont de petits athées inconscients, ils se refusent à tout acte de piété ; ils ne veulent pas faire leur prière, ni aller à la messe le dimanche. Notre maître nous dit qu'il n'y a pas de bon Dieu ; et c'est fini.

Mères de famille ! auriez-vous moins de courage que la poule qui saute aux yeux pour défendre ses poussins : et moins d'instinct que le petit caniche qui mord si on touche à ses petits ?

Il faut vous montrer, dire à qui de droit que vous ne le voulez pas, et c'est la moindre des choses pour préserver vos enfants.

Et puis, pauvres mères ! il faut prévoir l'avenir, les années passent vite ; quand votre fils soldat sera malade en pays étranger et à l'hôpital, vous vous désolerez et vous aurez raison ; mais que pourrez-vous y faire ? rien ! Je vais vous dire une chose qui vous étonnera, c'est qu'aujourd'hui vous pouvez beaucoup lui adoucir ses peines à venir. Vous allez dire, comment ? c'est bien simple : apprenez-lui à invoquer la sainte Vierge et à prier Dieu ; donnez-lui de la religion ; et quand il dira du fond du cœur, loin de son père et de sa famille : Bonne et sainte Vierge, priez pour moi ! mon Dieu ayez pitié de moi ! il sera un chrétien résigné, au lieu d'être un malheureux désespéré. Et, songeant à vous, il s'écriera : Que je suis heureux que ma mère m'ait appris à prier !

Le jeune homme a encore plus besoin de religion que la jeune fille.

3° Deux jours sont laissés aux élèves pour se reposer et aller au catéchisme : on ne doit pas leur donner de leçons à étudier ou très peu pour en laisser la facilité, c'est encore mentionné dans la loi. Quelques instituteurs ont cette rouerie de surcharger les enfants de devoirs pour les empêcher d'aller à l'église ; la tactique est connue ; ce doit être encore matière à réclamation.

On doit être le maître quand on l'est.

Devoirs des parents vis-à-vis des enfants :

1° Leur faire faire la prière le matin et le soir.

2° Les envoyer au catéchisme.

3° Les conduire, le dimanche, soi-même à la messe pour qu'ils s'y tiennent bien. Beaucoup de parents le font ; et sans faire de tort à personne, vous affirmez que vous voulez que vos enfants aient des principes.

Vous êtes leur père et leur mère, il faut qu'ils vous obéissent, et plus tard, lorsqu'ils seront mariés, vous les verrez faire pratiquer aux leurs ce que jadis vous leur avez fait faire, et vous en bénirez Dieu.

Nous sommes vis-à-vis de Dieu ce qu'est un enfant vis-à-vis de ses parents; nous devons reconnaître son autorité sur nous.

L'enfant saute au cou de son père et de sa mère; il les embrasse. Cela veut dire: je vous aime et ne veux pas vous faire de la peine.

Le chrétien se met à genoux et récite le *Pater*.

Savez-vous ce qu'est le commencement du *Pater* pour les rois, les princes, les grands? un acte d'humilité. Notre Père qui est dans les cieux. Or que signifient ces paroles? C'est que par la nature humaine commune à tous les hommes, et aux yeux de Dieu, ils ne sont pas plus que le dernier des mortels.

Et que signifient ces paroles dans la bouche des pauvres: Notre Père qui est dans les cieux? Et c'est encore que par sa nature humaine et aux yeux de Dieu il est autant que les riches et les grands.

Il n'y a que dans le christianisme, que l'on est humble sans être servile, bas de caractère, et que l'on est fier sans être orgueilleux ni méprisant pour personne.

Il vous reste encore un devoir à remplir: c'est celui de citoyen français. Avez-vous jamais eu des mandataires sans exiger qu'ils aient égard à vos volontés?

C'est ce qu'il faut faire pour vos députés;

autant de fois ils feront des lois indignes, froissant vos convictions d'honnête homme; autant de fois vous devrez les changer; et ils apprendront ainsi à qui ils ont affaire... car vouloir vous conduire et vous punir comme ils le prétendent, c'est vous mettre au rang des enfants.

La politique n'est que de la dispute parmi les hommes; le mieux est de la laisser à ceux qui en sont chargés; quand on n'y peut rien, on est plus tranquille de ne pas s'en mêler.

Mais nos institutions! les choses essentielles ne doivent pas être touchées, le salut de la France et le bonheur des familles en dépendent.

Le progrès ne consiste pas à toujours changer ce qui existe et à imiter sans discernement les nouveautés des nations étrangères. Là où le tact des hommes d'état s'est, au contraire, le plus montré, c'est en s'appliquant à conserver les choses bonnes et en évitant de se laisser entraîner, par l'exemple des autres, à reproduire chez soi des essais pernicieux; il vaut mieux se croiser les bras que mal faire.

Il faut que la République soit honnête, comme la grande majorité des Français, ou qu'elle ne soit pas.

Elle n'a jamais été que du despotisme dé-

baptisé: parler liberté et appliquer la tyrannie.
Les citoyens savent bien dire qu'on les trompe
et ils ne le veulent pas.

9 juillet 1882.

Braves gens! prenez courage pour ne nom-
mer que des gens raisonnables. La nomination
d'hommes pratiques pour députés donne,
malgré tout, à réfléchir aux extravagants ; vous
venez encore d'en envoyer à la Chambre ; on
espère que le divorce ne passera pas au Sénat.

Le conseil municipal de Cholet a émis le
vœu suivant :

« Considérant que l'application de la loi
« du 28 mars 1882 sur l'instruction primaire
« met les pères de famille dans la nécessité
« de créer des écoles libres où puisse être
« donnée l'instruction religieuse;

« Qu'il y a lieu de favoriser l'initiative privée
« dans cette œuvre toute de moralisation ;

« Emet le vœu que le conseil général ins-
« crive au budget départemental un crédit
« suffisant pour encourager et subventionner
« les écoles libres d'enseignement primaire. »

26 juillet 1882.

Est-ce juste, que les écoles sans Dieu soient

créées et entretenues avec l'argent des contribuables et que les écoles libres ne reçoivent rien du gouvernement et soient en plus à la charge des particuliers ?

Ils veulent donner de la religion à leurs enfants; croient-ils que pour plaire à nos gouvernants de passage, les citoyens vont les sacrifier et les élèveront sans aucune notion de Dieu ? Ils se trompent ; et combien de députés, qui par ambition, pour avoir des places, ont voté l'école sans Dieu et font élever leur famille dans des maisons religieuses !

Ce qui est bon pour eux est bon pour les autres : on ne s'est pas gêné de le leur jeter à la tête publiquement et on a eu raison. Républicains sans justice, si vous ne voulez pas payer nos écoles, laissez-nous notre argent ; vous paierez les vôtres et nous paierons les nôtres : cependant, toutes devraient vous regarder, c'est la moindre des choses que dans un pays il y en ait pour tous les goûts.

Ils ne le feront pas : combien le gouvernement n'a-t-il pas fait d'emprunts ? et on parle encore d'en faire d'autres. Nos gouvernants ne savent qu'imaginer pour se procurer de l'argent. N'ont-ils pas l'idée maintenant de mettre un impôt sur les oisifs ? moi qui les trouve si utiles à la société; ne sachant pas travailler, forcément ils font gagner de l'argent.

Est-ce le gouvernement qui donnera de l'occupation à tous les hommes de la campagne, et fera des commandes à tous les ouvriers des divers métiers ?... Non... ce sont les particuliers qui s'utilisent ainsi.

Et nos hommes d État n'y vont pas de main-morte, cinquante francs, cent francs par oisif... On dirait qu'ils ont pris à tâche de ruiner tout le monde pour s'enrichir à leurs dépens.

Mais où sont-ils ces oisifs bons à plumer ? Est-ce le propriétaire ? Tous les jours on le voit se démunir de l'héritage qu'il a eu de ses parents, parce qu'il ne peut plus en payer les charges.

D'autres, en conservant leurs biens, ont autant de dettes que d'avoir.

D'autres enfin ne font honneur à leurs engagements qu'au prix de beaucoup de privations.

Les capitalistes ne sont pas mieux partagés : c'est maintenant 7 et 10 pour cent qu'on prélève sur leur revenu ; et comme beaucoup n'ont qu'une petite fortune ; sont-ils malades, vieux et infirmes, ils mangent leur fonds pour se faire soigner.

Viennent les vagabonds, les paresseux, les jeunes gens qui paient un tribut à l'inexpérience de la vie... que tirerez-vous de ceux-là ? le proverbe est vrai : on ne tond pas un pauvre diable qui n'a pas de cheveux.

Il ne reste plus que les oisifs malgré eux qui ne peuvent pas avoir de places. Ah! ceux-là, quand on les imposera de cent francs par oisif, ils déguerpiront vers Paris; ils encombreront les antichambres de tous les ministères; et ils ne les quitteront que lorsqu'on les aura pourvus de bonnes places et de bons traitements.

Faute de réfléchir, on se met souvent des épines dans les pieds et nos gouvernants sont passés maîtres dans la partie.

Divorce! épines véritables : cela fait juger votre moralité.

Invalidations! épines encore : cela donne l'idée de votre impartialité.

Défense aux fonctionnaires de voir et de parler à ceux-ci et à ceux-là, d'aller à église et d'y entendre la messe ; épines toujours pour vous mêler de choses qui ne vous regardent pas.

Défendront-ils aussi de toucher l'argent des gens qui ne sont pas républicains ? ils le devraient, ce serait justice, puisqu'ils ne veulent rien faire pour eux, ils ne le feront pas : le déficit serait trop grand dans le budget... Comédie et comédiens ! ces gens-là ne sont pas bons pour conduire un aussi beau pays que la France.

Généralement, les parents, selon leur situation de fortune, font de grands sacrifices d'argent pour l'éducation de leurs enfants : ont-ils fini leurs études ? ils pensent qu'ils obtiendront une position, et se flattent qu'ils auront ainsi une compensation à toutes les privations qu'ils se sont imposées pour eux.

Espérance illusoire ! beaucoup ne parviennent à rien et restent, comme par le passé, à la charge de leurs parents, en leur répétant sans cesse qu'ils s'ennuient.

C'est un malheur : mais ils ne peuvent en faire de reproche à personne ; ils ont agi par leur propre volonté et n'ont pas été contraints dans leurs déterminations.

A vingt ans, un jeune homme, à la campagne, sans savoir même lire ni écrire, peut y avoir, l'été, nourri, des journées de 3 fr. 50 à 4 fr. Et l'hiver, sans être nourri, des journées de 3 fr. à 3 fr. 50.

A-t-il passé plusieurs années à l'école ? l'instruction l'a-t-elle dégoûté des travaux des champs ? le voici en ville gratte-papier à 50 fr. par mois ; 1 fr. 65 par jour, sans être logé et nourri. Sa position est moins bonne que celle de l'autre. Il l'a voulu ainsi, il ne peut s'en prendre qu'à lui-même s'il est moins avantageusement partagé.

Mais le gouvernement intervient-il dans les questions d'éducation, comme il le fait aujourd'hui ; il est responsable des conséquences. Forcer quelqu'un à faire une chose, c'est tacitement prendre l'engagement de lui donner une compensation à la contrainte qu'on a exercée sur lui... Et nos gouvernants en ont des engagements de cette sorte vis-à-vis les familles et les enfants ! épines dans les pieds, car c'est une grande tâche maintenant de les contenter tous, et si on ne le fait pas, ils seront malheureux. Il n'y a rien de plus difficile que de maintenir dans l'ordre des gens malheureux.

Et toutes ces guerres à la sourdine ! En voici encore des épines dans les pieds, quand on a invalidé des députés très régulièrement nommés, parce qu'ils avaient dit, ce qui était la vérité, qu'on se battait en Afrique.

Je n'en finirais pas si j'énumérais toutes leurs maladresses : ce qu'il y a de certain, c'est qu'ils se mettent tant d'épines dans les pieds qu'un beau jour ils resteront en route. Personne ne leur fait plus de tort qu'eux-mêmes.

Ce qu'il y a de très malheureux, c'est que nous en souffrons.

Veut-on avoir une idée de nos gouvernants ? Représentez-vous ces tout petits enfants, prenant leur plaisir à tisonner le feu. Leur mère leur répète sans cesse : Prenez garde, vous vous brûlerez. Comme ils sont des enfants, qu'ils sont ignorants et qu'ils ne se doutent pas du danger, ils tisonnent toujours jusqu'à ce qu'ils se soient brûlés.

Voici leur portrait : par la voix des journaux les hommes pratiques leur ont répété sur tous les tons : Ne faites pas ceci, évitez cela ; ils parlaient ainsi dans l'intérêt de la France. S'ils l'avaient compris, ils en eussent profité et la république aussi..; apprentis comme des enfants dans les choses politiques, ils n'en ont pas tenu compte, ils ont fait des écoles et nous les payons.

Les antiquités, les objets d'art ont aujourd'hui un prix incontestable. Voit-on un rustique s'en démunir pour presque rien et les remplacer par des objets sans valeur : on se moque de lui.

C'est encore le portrait de nos gouvernants : nous avions de magnifiques institutions, ils n'en ont pas compris l'utilité ; en vrais Vandales, ils ont tout détruit : le désarroi est partout dans la magistrature, dans l'armée, dans les finances, dans les choses religieuses, dans l'enseignement, et l'on ne s'y reconnaît plus dans ce beau pays de la France, et cela parce qu'ils ne consultent pas nos idées, mais qu'ils nous imposent les leurs.

Comment s'en tirer maintenant que le mal est fait ? ils ne rêvent qu'un moyen. C'est de l'argent : il leur faut de l'argent, de l'argent, et personne ne peut leur en procurer.

Est-ce le laboureur, le fermier qui leur en donneront ? Au lieu de payer plus d'impôts, ils ont besoin d'être dégrevés.

Est-ce le boulanger, dont le métier est si pénible qu'il faut qu'il se mette nu jusqu'à la ceinture pour faire le pain ? et il ne fournirait pas à la clientèle s'il ne prenait sur son sommeil pour le pétrir. C'est une indignité de faire payer patente à un homme qui nous nourrit.

Et le médecin qui nous guérit aux dépens quelquefois de son existence, ne devrait-il pas en être exempté ?

Les commerçants, les ateliers, outre leurs impôts, paient tous patente : on ne peut rien leur demander de plus.

Il n'y a qu'une sorte d'hommes qui peut procurer de l'argent : ce sont les fonctionnaires. Occupés qu'ils sont à leurs places, ils ne peuvent que très peu faire travailler l'ouvrier. Leur position est excellente : ce qu'on prélève sur eux n'est point, comme l'impôt, à fonds perdus : c'est pour leur assurer une retraite quand ils seront vieux, il n'y a plus qu'eux à plumer... Et, dans le nombre, il y en a qui ont de très gros traitements : cela donnera un bon appoint à la caisse publique.

Allons, Messieurs les fonctionnaires, au lieu d'exécuter les autres, exécutez-vous vous-mêmes ; vous le voyez, votre tour est venu.

26 juillet 1882.

Un échantillon du bon cœur de nos gouvernants pour nos soldats :

L'O..., 10 août 1882.

M. le général Schmits, parlant aux lycéens de Tours, leur a tenu, au grand scandale de la presse républicaine, le langage que voici :

« Les respects pour Dieu, la famille, la
« patrie sont inséparables de la vie de l'homme,
« du citoyen et du soldat.

« Et ces nobles sentiments ne sont pas,
« heureusement, le privilège de l'état-major :
« nos soldats sur le champ de bataille sentent
« présent ce Dieu que nos gouvernants blas-
« phèment, et ce n'est pas sans une émotion
« profonde que nous lisons dans une lettre
« datée de Tunisie :

Camp de Sala, 23 juillet 1882.

« Hier, nous avons enterré, en armes, un de

« nos sergents, mort d'une pthisie anémique
« à l'hôpital de Gafsa.

« Cérémonie touchante.

« Lorsque le cercueil a été descendu dans
« la tombe, le sergent-major Edouard Céalis,
« qui en avait reçu l'ordre, et qui allait
« pour ainsi dire remplacer l'aumônier, s'est
« avancé.

« Il était très ému, il a fait le signe de la
« croix ; il a récité à haute voix le *Pater* et
« l'*Ave*, que nous avons tous écouté avec recueil-
« lement ; puis il a prononcé quelques paroles
« en l'honneur du sergent.

« Tous les hommes pleuraient.

« Le colonel et les officiers présents ont
« serré la main du sergent-major. »

La République a réduit nos soldats à cette
extrémité ; elle les a privés d'aumôniers, et,
pour que leur dépouille soit honorée des der-
nières prières, il faut que les survivants rem-
plissent auprès des morts les fonctions du
sacerdoce ! Du moins en suppléant, selon ce qui
leur est possible, aux cérémonies proscrites
du culte héréditaire, montrent-ils bien vivantes
dans leur cœur la foi, la pensée de Dieu
toujours unie au sentiment du devoir.

l'U...

Assis tranquillement auprès de sa table de

travail dans son cabinet, un individu peut se croire athée, écrire des blasphèmes et en proférer avec ses amis.

Mais quittez la plume ; prenez le fusil, allez sur le champ de bataille ; vos idées changeront : le danger et la mort ont toujours été de bons prédicateurs pour l'homme intelligent.

Et l'armée en campagne a raison de trouver à dire, car les religieuses les soignaient et les aumôniers les consolaient !

M. J.

LOI DU 28 MARS 1882

SUR L'ENSEIGNEMENT LAIQUE OBLIGATOIRE

ART. 1ᵉʳ. — L'enseignement primaire comprend :

L'instruction morale et civique (1).

La lecture, l'écriture :

. . . .

ART. 2. — Les écoles primaires publiques vaqueront un jour par semaine, en outre du dimanche, afin de permettre aux parents de

(1) Plus d'instruction religieuse. L'amendement de M. Jules Simon portant : Les maîtres enseigneront à leurs élèves les devoirs envers Dieu et envers la patrie, a été rejeté.

faire donner s'ils le désirent, à leurs enfants, l'instruction religieuse en dehors des édifices scolaires.

L'enseignement religieux est facultatif dans les écoles privées (1).

Art. 3. — Sont abrogées les dispositions des articles 18 et 44 de la loi du 14 mars 1850 en ce qu'elles donnent aux ministres des cultes un droit d'inspection, de surveillance et de direction dans les écoles primaires publiques et privées et dans les salles d'asile, ainsi que le paragraphe 2 de l'article 31 de la même loi qui donne aux consistoires le droit de présentation pour les instituteurs appartenant aux cultes non catholiques.

Art. 4. — L'instruction primaire est obligatoire pour les enfants des deux sexes âgés de six ans révolus à treize ans révolus ; elle peut être donnée dans les établissements d'instruction primaire ou secondaire, soit dans les écoles publiques ou libres, soit dans les familles par le père de famille lui-même ou par toute personne qu'il aura choisie (2).

(1) Les écoles libres sont donc le dernier refuge de l'enseignement religieux.

(2) Liberté illusoire dans un si grand nombre de localités où il n'y a pas d'école libre, et pour les parents qui ne peuvent entretenir chez eux un précepteur.

Art. 5. — Une commission municipale scolaire est instituée dans chaque commune pour surveiller et encourager la fréquentation des écoles (1).

Elle se compose du maire, président, d'un des délégués du canton, et, dans les communes comprenant plusieurs cantons, d'autant de délégués qu'il y a de cantons désignés par l'inspecteur de l'académie, de membres désignés par le conseil municipal en nombre égal, au plus, au tiers des membres de ce conseil.

Le mandat des membres de la commission scolaire désignée par le conseil durera jusqu'à l'élection d'un nouveau conseil municipal.

Il sera toujours renouvelable.

L'inspecteur primaire fait partie de droit de toutes les commissions scolaires instituées dans son ressort.

Art. 6. — Il est institué un certificat d'études primaires ; il est décerné après un examen

---

(1) Si cette commission scolaire est composée de gens imbus des idées de Paul Bert ou de Jules Ferry, elle sera un odieux instrument de tyrannie et d'inquisition. Ce sera tout le contraire, si les honnêtes gens s'emparent de cette position pour mettre leurs ennemis en échec.

public, auquel pourront se présenter les enfants dès l'âge de onze ans.

Ceux qui, à partir de cet âge, auront obtenu le certificat d'études primaires, seront dispensés du temps de scolarité obligatoire qui leur resterait à passer.

ART. 7. — Le père, le tuteur, la personne qui a la garde de l'enfant, le patron chez qui l'enfant est placé, devra, quinze jours au moins avant l'époque de la rentrée des classes, faire savoir au maire de la commune s'il entend faire donner à l'enfant l'instruction dans la famille ou dans une école publique ou privée ; dans ces deux derniers cas, il indiquera l'école choisie (1).

. . . .

ART. 8. — Chaque année le maire dresse, d'accord avec la commission municipale scolaire, la liste de tous les enfants âgés de six à treize ans et avise les personnes qui ont charge de ces enfants de l'époque de la rentrée des classes (2).

En cas de non déclaration, quinze jours avant l'époque de la rentrée, de la part des

(1) C'est-à-dire que les droits du père et de la mère sont confisqués par l'administration, par l'Etat, aux mains des francs-maçons.

(2) Suite de la confiscation de vos enfants par l'Etat.

parents et d'autres personnes responsables, il inscrit d'office l'enfant à l'une des écoles publiques et en avertit la personne responsable (1).

Huit jours avant la rentrée des classes, il remet aux directeurs d'écoles publiques et privées la liste des enfants qui doivent suivre les écoles. Un double de ces listes est dressé pour l'inspecteur primaire.

ART. 9. — Lorsqu'un enfant quitte l'école, les parents ou les personnes responsables doivent en donner immédiatement avis au maire et indiquer de quelle façon l'enfant recevra l'instruction à l'avenir (2).

ART. 10. — Lorsqu'un enfant manque momentanément l'école, les parents ou les personnes responsables doivent faire connaître au directeur ou à la directrice les motifs de son absence (3).

Les directeurs et les directrices doivent tenir un registre d'appel qui constate, pour chaque classe, l'absence des élèves inscrits. A la fin de chaque mois, ils adresseront au maire et à l'inspecteur primaire un extrait de ce re-

(1) Au nom de la liberté.
(2) On dirait vraiment que l'enfant n'appartient plus à son père et à sa mère !...
(3) Remarquez bien ce *momentanément*, si élastique : il vous ménage d'agréables surprises.

gistre, avec indication du nombre des absences et des motifs invoqués (1).

Les motifs d'absence seront soumis à la commission scolaire. Les seuls motifs réputés légitimes sont les suivants : maladie de l'enfant, décès d'un membre de la famille, empêchements résultant de la difficulté accidentelle des communications.

Les autres circonstances exceptionnellement invoquées seront également appréciées par la commission (2).

Art. 11. — Tout directeur d'école privée qui ne se sera pas conformé aux prescriptions de l'article précédent, sera, sur le rapport de la commission scolaire et de l'inspecteur primaire, déféré au conseil départemental.

Le conseil départemental pourra prononcer les peines suivantes (3) :

1° L'avertissement ;

2° La censure ;

3° La suspension pour un mois au plus, et,

(1) Voilà les instituteurs transformés en dénonciateurs publics et en agents de police !

(2) Un motif absolument légitime, c'est le cas où l'école publique est notoirement impie ou même suspecte. La loi n'en dit rien, mais la commission scolaire devra en tenir compte.

(3) Sans aucun recours possible, même au conseil supérieur.

en cas de récidive dans l'année scolaire, pour trois mois au plus.

Art. 12.—Lorsqu'un enfant se sera absenté de l'école quatre fois dans le mois, pendant au moins une demi-journée, sans justification admise par la commission municipale scolaire, le père, le tuteur ou la personne responsable sera invité, trois jours au moins à l'avance, à comparaître dans la salle des actes de la mairie, devant la dite commission, qui lui rappellera le texte de la loi et lui expliquera son devoir (1).

En cas de non-comparution sans justification admise, la commission appliquera la peine énoncée dans l'article suivant.

Art. 13. — En cas de récidive dans les douze mois qui suivront la première infraction, la commission municipale scolaire ordonnera l'inscription pendant quinze jours ou un mois, à la porte de la mairie, des noms, prénoms et qualité de la personne responsable, avec indication du fait relevé contre elle (2).

La même peine sera appliquée aux personnes qui n'auront pas obtempéré aux prescriptions de l'art. 9.

---

(1) Voilà qui va rehausser l'autorité paternelle aux yeux des enfants !

(2) Avec les noms des cabaretiers qui ont falsifié leurs marchandises.

Art. 14. — En cas d'une [nouvelle récidive, la commission scolaire, ou, à son défaut, l'inspecteur primaire (1) devra adresser une plainte au juge de paix. L'infraction sera considérée comme une contravention et pourra entraîner condamnation avec peines de police, conformément aux art. 479, 480 et suivants du Code pénal (2).

L'art. 463 du même code est applicable (3).

Art. 15. — La commission scolaire pourra accorder aux enfants demeurant chez leurs parents ou leur tuteur, lorsque ceux-ci en feront la demande motivée, les dispenses de fréquentation scolaire ne pouvant dépasser trois mois par année, en dehors des vacances. Ces dispenses devront, si elles excèdent quinze jours, être soumises à l'approbation de l'inspecteur primaire.

Ces dispositions ne sont pas applicables aux enfants qui suivront leurs parents ou leurs

(1) Défiez-vous bien : il y a une perfidie.

(2) Les peines édictées par ces articles du code pénal sont les suivantes : de onze à quinze francs d'amende, et la prison pendant quinze jours au plus.

D'après l'article 482, en cas de rédicive, la peine d'emprisonnement pendant quinze jours devra toujours avoir lieu.

(3) Cet article 463 permet au juge d'abaisser les pénalités, s'il reconnaît l'existence de circonstances atténuantes !

tuteurs, lorsque ces derniers s'absenteront temporairement de la commune. Dans ce cas, un avis donné verbalement ou par écrit au maire ou à l'instituteur suffira.

La commission peut aussi, avec l'approbation du conseil départemental, dispenser les enfants employés dans l'industrie et arrivés à l'âge d'apprentissage, d'une des deux classes de la journée ; la même faculté sera accordée à tous les enfants employés hors de leur famille dans l'agriculture.

Art. 16. — Les enfants qui reçoivent l'instruction dans la famille doivent, chaque année à partir de la fin de la deuxième année d'instruction obligatoire, subir un examen qui portera sur les matières de l'enseignement correspondant à leur âge dans les écoles publiques, dans des formes et suivant des programmes qui seront déterminés par arrêtés ministériels rendus en conseil supérieur.

Le jury d'examen sera composé de : l'inspecteur primaire ou de son délégué, président ; un délégué cantonal ; une personne munie d'un diplôme universitaire ou d'un brevet de capacité ; les juges seront choisis par l'inspecteur d'académie. Pour l'examen des filles, la personne brevetée devra être une femme (1).

(1) Un tel jury n'offre évidemment aucune garantie

Si l'examen de l'enfant est jugé insuffisan
et qu'aucune excuse ne soit admise par le
jury, les parents sont mis en demeure d'envoyer
l'enfant dans une école publique ou privée
dans la huitaine de la notification et de faire
savoir au maire quelle école ils ont choisie (1).

En cas de non-déclaration, l'inscription
aura lieu d'office, comme il est dit à l'article 8 (2).

ART. 17. — La caisse des écoles, instituée
par l'art. 15 de la loi du 10 avril 1867, sera
établie dans toutes les communes. Dans les
communes subventionnées dont le centime
n'excède pas 30 francs, la caisse aura droit sur
le crédit ouvert pour cet objet au ministère
de l'instruction publique, à une subvention
au moins égale au montant des subventions
communales. La répartition des secours| se
fera par les soins de la commission scolaire (3).

d'impartialité. Et comment appréciera-t-il la science
d'une petite fille de sept ans, surtout en économie
politique?

(1) Là où n'y aura qu'une école publique, vous
n'aurez guère l'embarras du choix.

(2) C'est-à-dire à l'école publique sans Dieu.

(3) Cette caisse payera les frais de la guerre contre
les écoles catholiques : car elle a pour but de fonder
des écoles publiques en concurrence avec les écoles

Art. 18. — Des arrêtés ministériels, rendus sur la demande des inspecteurs d'académie des conseils départementaux, détermineront chaque année les communes où, par suite d'insuffisance des locaux scolaires, les prescriptions des art. 4 et suivants sur l'obligation ne pourraient être appliquées.

Un rapport annuel, adressé aux Chambres par le ministre de l'instruction publique, donnera la liste des communes auxquelles le présent article aura été appliqué.

Une pareille loi..... doit être..... abrogée : c'est déjà trop qu'elle ait été votée !

A. L.

libres que vous aurez établies à vos frais. Vous payerez ainsi deux ou trois fois même, si votre enfant est élevé chez vous.

TABLE DES MATIÈRES

Paris. F. Levé, impr. de l'Archevêché, r. Cassette 17.